LE VICOMTE DE MENTQUE

LE VICOMTE DE MENTQUE

(Reproduction interdite)

Privé par une absence du douloureux honneur de joindre ma voix à celle qui s'est fait entendre sur la tombe de M. le vicomte de Mentque[1], je viens essayer de m'acquitter à mon tour envers cette mémoire.

Camarade de ses premières années, témoin d'une partie de sa vie, compagnon de ses heures adverses, je veux tâcher de fixer ici quelques traits de cette image regrettée, et rappeler encore une fois quel était dans la vie privée, quel s'est montré dans la vie publique le cher collègue, le vieux ami dont la perte aura laissé dans ma propre existence un irréparable vide.

BUTENVAL.

Versailles, le 20 avril 1879.

---

1. M. Gastambide, président à la Cour de cassation, ami d'enfance de M. de Mentque, a salué sa dépouille d'un hommage qui, dans sa sobre élévation, pourrait suffire à résumer et à honorer toute une carrière. Ce sont comme les pièces justificatives de cet éloge qu'on trouvera réunies dans la présente notice.

LE

VICOMTE DE MENTQUE

I

Pierre-Paul-Édouard Martin, vicomte DE MENTQUE, était né à Paris le 11 avril 1808, d'une ancienne famille de robe. Son père, conseiller au Grand Conseil, avait épousé Mlle de Barincourt, fille elle-même d'un magistrat.

Ce fut donc au milieu des splendeurs du règne de Napoléon Ier, mais sous un toit demeuré fidèle à une autre cause, que le futur préfet du second empire reçut les premières impressions et les premiers enseignements, dont tout homme emporte toujours quelque empreinte à travers les vicissitudes qui marquent et accentuent sa personnalité propre.

On eût mieux compris peut-être la gravité courtoise et fière, l'intrépidité polie, qui caractérisaient l'attitude et les paroles de M. de Mentque aux heures difficiles, si l'on eût su qu'il avait dans les veines et dans les souvenirs du sang et des traditions de vieux parlementaire.

Les influences du toit domestique, dans ce qu'elles ont de plus décisif et de plus doux, devaient, par un heureux privilège, se prolonger pour Édouard de Mentque bien par delà son adolescence et sa jeunesse.

Une sœur aînée, dont la naissance avait précédé de seize années la sienne, s'était assise auprès de son berceau; elle avait surveillé, presque dirigé son enfance, et s'était accoutumée à voir en lui comme un fils encore plus qu'un frère. Mariée plus tard à un colonel de l'ancienne armée impériale et devenue mère à son tour, elle écrivit un jour à son cher pupille, alors au collège, « que sa femme venait de naître, et qu'elle allait s'appliquer à la bien élever pour lui ».

La Providence voulut ratifier et bénir ces témérités maternelles. Le jeune homme, déjà entré dans les affaires publiques, vint un jour réclamer l'accomplissement de la parole donnée sur cet autre berceau et prendre par la main la jeune fille qui devait s'associer de toutes les forces d'un cœur vaillant et d'une intelligence élevée aux succès comme aux épreuves de sa carrière, puis, après quarante années d'une communauté étroite de sentiments et de pensées, lui fermer les yeux.

Nous eussions hésité à effleurer même d'une main respectueuse ces détails sacrés de la vie intime, s'ils ne nous eussent paru de nature à éclairer un des côtés les plus saillants du caractère de M. de Mentque : — l'esprit de famille, — qu'il possédait, qu'il pratiquait avec une incomparable constance.

En choisissant si près de lui et dans son propre sang la compagne de sa vie, Édouard de Mentque n'avait cru satisfaire qu'au penchant de son cœur :

il devait s'apercevoir plus tard qu'il s'était en même temps affranchi des inévitables difficultés dont l'union, la mieux assortie d'ailleurs, ne peut préserver la rencontre sous un même toit des mœurs, des habitudes, des intérêts de deux familles étrangères jusque-là l'une à l'autre. Édouard de Mentque n'en connut jamais qu'une seule, dont il devint de bonne heure et dont il demeura le chef jusqu'à son dernier soupir. Toutes ses tendresses, toutes ses préoccupations, se portaient tour à tour vers ceux de ses membres qui avaient besoin de lui.

La famille lui a évité les orages et les périls de la jeunesse; elle a charmé, dans son âge mûr, les moments que les devoirs publics laissaient libres; elle a — l'heure de la vieillesse et des revers arrivée — donné un intérêt nouveau et touchant aux loisirs de sa retraite. C'est pour elle qu'il a murmuré ses dernières paroles, et si jamais image a mérité d'être pieusement conservée dans le sanctuaire domestique, c'est la sienne.

II

Édouard de Mentque venait d'atteindre sa vingt-deuxième année quand éclatèrent les événements du mois de juillet 1830.

Cette révolution semblait écarter de lui les chances favorables que lui eussent ménagées, sous le gouvernement qui tombait, son nom, l'ancienne position des siens et les fortes études spéciales par lesquelles il se préparait, d'instinct, aux fonctions administratives.

Ce fut le contraire qui arriva. Le régime nouveau accueillait, recherchait même les jeunes recrues qui, libres de tout engagement envers le passé, pouvaient honorablement venir à lui et le servir. M. de Mentque, à vingt-cinq ans, fut appelé à la sous-préfecture de Châtellerault, qu'il quitta bientôt pour aller occuper celle de Gien, puis celle de Dreux, puis enfin, en 1841, celle de Boulogne-sur-Mer, où l'occasion allait lui être donnée de montrer, à côté de facultés de travail et de direction déjà fort remarquées, des qualités d'un autre ordre, et non moins importantes de nos jours chez un fonctionnaire public.

Le 15 août 1841, à l'occasion de l'inauguration de la statue de Napoléon Ier à Boulogne, la municipalité donnait un bal dans la salle du théâtre. Cette salle pouvait contenir environ quinze cents personnes, et le nombre des invitations avait été arrêté en conséquence. Au commencement de la soirée, quatre mille personnes environ, composant à peu près la garde nationale de la ville, et se recrutant sur leur passage du personnel que rencontre toujours, prêt à la suivre, une manifestation turbulente, se portèrent sur le théâtre avec l'intention d'y pénétrer de force.

Le sous-préfet, prévenu de leur approche, sortit aussitôt de la salle de bal, accompagné de quelques agents, et sut, par l'énergie de son attitude et l'indignation de ses paroles, contenir cette foule jusqu'au moment où l'arrivée d'un régiment de cavalerie la dispersa. Une pierre lancée au commencement de l'échauffourée avait atteint en pleine poitrine le jeune sous-préfet, qui rentra dans la salle du bal les habits un peu en désordre et même ensanglantés, mais le front haut et le visage serein.

Il venait de s'essayer pour la première fois dans un rôle qu'il devait remplir souvent et où son tempérament le destinait à exceller : celui où le représentant de l'autorité publique doit braver un péril pour remplir son devoir et faire rentrer les autres dans le leur.

A quelques mois de là, une autre émeute, d'une origine plus sérieuse et d'un caractère plus menaçant, ramenait le jeune administrateur sur la place publique.

Les récoltes avaient été insuffisantes, la disette semblait aux portes, et la population de Boulogne voyait avec un mécontentement croissant des chargements de blé, de bestiaux, en partance pour l'étranger. Ce mécontentement se traduisit promptement par des manifestations séditieuses et par des actes sauvages. La populace se rua vers le port, et, envahissant les bâtiments qui allaient lever l'ancre, commençait à en jeter à la mer les cargaisons.

Le sous-préfet accourt sur le quai, cette fois tout seul, harangue la multitude, fait comprendre aux moins échauffés l'odieux et l'ineptie de ces violences, arrête de sa main le plus mutin, et finit par voir se retirer peu à peu devant lui cette foule graduellement apaisée, et partir sous ses yeux pour leur destination grains et bestiaux.

Il est vrai de dire que, dans cette circonstance, le sous-préfet avait rencontré des auxiliaires inattendus, — les femmes mêmes des assaillants, — qui, sans trop bien comprendre ce qu'il disait, se sentirent de l'avis et du parti « de ce jeune homme qui n'avait pas peur », et emmenèrent les maris et les frères récalcitrants.

Ce fut ainsi que le futur préfet de la Gironde demeura victorieux dans sa première lutte pour la liberté du commerce.

Cet assaut fut d'ailleurs le dernier que M. de Mentque eut à soutenir de la part d'une population dont il avait fini par gagner très sérieusement le cœur et le respect, lorsqu'il fut, en 1846, appelé à la préfecture de la Haute-Marne, qu'il dut quitter bientôt après pour celle d'Eure-et-Loir.

A quarante ans, M. de Mentque était arrivé, à pas rapides mais réguliers, au premier rang.

III

Ce fut à Chartres que lui arriva la nouvelle de la révolution de février 1848.

M. de Mentque demeura trois jours à son poste, afin de maintenir l'ordre dans la cité. Lorsqu'il put tenir pour assuré le respect des personnes et des propriétés, il envoya sa démission au gouvernement provisoire de la République.

Le jour même où il allait quitter la préfecture, une horde avinée fit mine de l'envahir, afin d'y arborer le drapeau rouge. Devant l'émeute, le démissionnaire de la veille se retrouva le préfet. Il donna l'ordre au poste de l'hôtel de prendre les armes, et fit charger si résolument la bande séditieuse qu'elle s'enfuit en désordre.

Quand la place fut libre, il monta dans la voiture préparée pour son départ, et alla paisiblement retrouver les siens dans le coin de la Normandie où les événements les avaient réunis.

La révolution de Février frappait M. de Mentque sur le seuil de cette phase heureuse de la vie publique où l'expérience des affaires et des hommes vient servir soit de guide, soit de tempérament, aux énergiques facultés de la jeunesse.

Au milieu des épreuves diverses qu'il avait déjà traversées, M. de Mentque s'était montré vigilant et ferme dans son administration, conciliant dans ses relations personnelles, courageux devant les troubles populaires.

L'emploi de telles qualités ne pouvait être que momentanément interrompu, et son nom fut un des premiers vers lesquels le gouvernement présidentiel dirigea le choix du Prince, lorsqu'il fallut s'occuper de rétablir ou d'organiser dans les grands centres du pays l'exercice d'une autorité régulière, intelligente et forte.

Dès les premiers jours de l'année 1849, M. de Mentque était appelé à la préfecture de la Haute-Vienne.

IV

La préfecture de la Haute-Vienne était alors un poste particulièrement difficile. Le socialisme, affaibli et découragé dans Paris par la défaite sanglante de juin 1848, avait en province, surtout dans les départements du Centre et du Midi, conservé assez de ressources et d'audace pour menacer certaines villes des plus redoutables ébranlements.

Limoges était un point de ralliement où les sociétés secrètes comptaient de nombreux affiliés.

M. de Mentque y resta pendant trois années, c'est-à-dire pendant une période de guerre permanente. Lorsque l'agitation n'était pas sur la place publique, elle fermentait dans les esprits.

Au cours de cette lutte sourde et incessante que lui imposaient les menées socialistes, à travers les escarmouches qui présageaient une grande bataille, le préfet, encourageant les uns, déconcertant les autres, préparait lentement et sûrement les chances de succès pour l'heure incertaine, mais inévitable, dont chacun alors pressentait et appelait la venue.

Ce fut dans la soirée du 2 décembre 1851 que M. de Mentque reçut à l'improviste la nouvelle du coup d'État accompli le matin même à Paris. Ses dispositions furent prises à l'instant avec prévoyance et résolution.

Il fallait rallier rapidement les forces conservatrices, prévenir l'hésitation de la part des timides, éviter soi-même tout entraînement, rester dans une attitude défensive, mais la rendre assez imposante pour ne pas laisser d'incertitude sur la vigueur de la répression en cas d'attaque.

Tel était le plan. L'exécution suivit, ponctuelle, ordonnée, calme.

La faction révolutionnaire rencontra partout un frontde bataille si discipliné et si compact qu'elle n'osa, sur aucun point, engager l'action à laquelle elle se préparait depuis près d'une année; et, dans Limoges même, désignée comme l'une des villes où la lutte devait être implacable, il n'y eut pas une goutte de sang versé.

L'opinion ne se trompa point sur le véritable auteur d'un résultat où l'humanité avait triomphé autant que l'autorité elle-même. Par une souscription publique, la population tout entière, son conseil municipal à sa tête, offrit à son préfet une épée à poignée d'or et un service de porcelaine magnifique aux armes de la ville.

Ces témoignages de reconnaissance demeurèrent chez M. de Mentque parmi les souvenirs qu'il aimait le plus à rappeler. L'épée d'honneur de Limoges avait toujours sa place dans son cabinet de travail.

Le Prince-Président, de son côté, suivait de l'œil, depuis son arrivée au poste qu'il lui avait confié, ce préfet circonspect et énergique qui savait tenir en échec un parti contre lequel il voulait, l'heure venue, se mesurer lui-même.

L'estime et la confiance qu'il lui inspirait se révélèrent dans une circonstance si honorable et pour le fonctionnaire et pour le Prince qu'il convient de la rappeler ici.

Le jour où la nouvelle de la mort du roi Louis-Philippe arriva à Limoges était précisément celui d'une réception officielle à la préfecture. M. de Mentque pensa que le souverain qui venait de s'éteindre en exil ne l'avait pas, en le relevant de son serment, affranchi en même temps du respect de son souvenir, et la réception n'eut pas lieu.

Le fait fut remarqué, commenté, dénoncé même. Les zélés d'alors affectèrent de voir dans cet hommage muet rendu au passé et à l'infortune comme une sorte d'offense au présent et d'infidélité au pouvoir nouveau. On assure même qu'un décret de révocation fut présenté à la signature présidentielle.

Mais le prince Louis était de trop bonne compagnie pour se laisser abuser en cette occasion ; il estima que le préfet qui avait fermé son salon à l'annonce de la mort d'un vieux roi qu'il avait servi s'était conduit comme un galant homme, et il le maintint à son poste.

M. de Mentque devait, à quelques mois de là, justifier l'instinct du Prince-Président, et s'acquitter envers lui en se portant résolument pour sa cause et en préservant, comme nous venons de le voir, une des plus industrieuses et des plus riches cités de France de l'irruption de passions ardentes et d'effroyables convoitises.

V

En 1852, le préfet de Limoges fut nommé à la préfecture de la Loire-Inférieure.

M. de Mentque se trouvait, à Nantes, en présence d'une tâche bien différente de celle dont il venait de s'acquitter si intrépidement à Limoges.

Les ennemis du repos public étaient vaincus et dispersés; chaque toit avait retrouvé la sécurité, chaque rue était redevenue paisible. Aux agitations, aux anxiétés, allait succéder une longue période de calme.

Cette période, M. de Mentque l'inaugura avec un tel succès à Nantes que le Prince, qui venait d'être proclamé Empereur, l'appela, en 1853, à une préfecture plus importante encore sous certains rapports : celle de Bordeaux.

Il devait y rester dix années, qui demeurent par les œuvres matérielles (l'action morale, si puissante qu'elle soit, ne laisse pas de monuments) les plus brillantes, les plus fécondes, de sa carrière préfectorale.

VI

C'était l'époque où sur tous les points du terri-
toire, mais surtout dans ce grand port de la Gironde, se développaient les travaux, les construc-
tions, les armements, les entreprises maritimes
et coloniales. Le programme résumé au mémo-
rable banquet municipal de Bordeaux par le chef
de l'État — « L'Empire c'est la paix » — avait
beau recevoir des atteintes répétées, tantôt du
côté de la Crimée, tantôt dans les plaines de la
Lombardie,—et enfin sur les rivages néfastes du
Mexique, —ces luttes, que terminait alors la vic-
toire et qui se passaient loin du pays demeuré
actif et paisible, n'interrompirent pas un moment
l'essor d'une prospérité jusque-là inouïe.

Le défrichement des landes, le desséchement
des marais du littoral, la mise en culture d'im-
menses espaces jusque-là stériles, furent les étapes
successives qui marquent l'intervalle parcouru
par le département de la Gironde, du jour où
M. de Mentque en prit la direction jusqu'à celui

où il la quitta, et son nom se trouve irrévocablement attaché à ces transformations fécondes.

Ce nom, quelques communes enrichies, créées quelquefois par ses soins, l'ont donné à leur principale voie publique. C'est une rue « de Mentque », qui conduit de la place d'Arcachon au bord de la mer.

Après avoir consacré la meilleure part de son temps à ces nobles soucis de l'avenir, M. de Mentque savait en trouver une autre pour ces labeurs quotidiens, réputés ingrats, qui n'ont pas d'histoire et qui constituent, à proprement parler, ce qu'on appelle « l'administration ».

Puis, quand ces deux parts étaient faites, il en savait réserver une dernière pour les devoirs du monde, qui entrent en ligne parmi ceux du préfet d'une cité élégante, fastueuse même, comme aime à se montrer à ses jours la ville de Bordeaux.

Par une heureuse conjoncture, le goût très vif du monde se rencontrait chez lui avec le goût très sérieux des affaires, et c'était en leur donnant alternativement et pleinement cours qu'il accomplissait, à la satisfaction de tous et à la sienne, les obligations de sa charge publique.

Son salon était toujours ouvert le soir, mais jamais son cabinet n'était fermé le matin ; et l'on peut dire de l'infatigable et brillant administrateur du département de la Gironde que d'un bout de la journée à l'autre il était constamment « le préfet ».

De solides amitiés, des dévouements durables, l'ont payé, plus tard, de ce qu'il avait dépensé à Bordeaux de ses forces et de sa vie ; et lorsque, rappelé à Paris par un ordre de l'Empereur, il quitta la ville, ce ne fut point une escorte d'honneur qui l'accompagna jusqu'au chemin de fer : ce fut la population tout entière qui, tête nue, voulut entourer des témoignages de sa sympathie et de son respect le départ de l'administrateur auquel l'attachaient tant de communs et précieux souvenirs.

VII

Après avoir occupé avec un égal succès pendant trois ans un poste de combat, et pendant dix ans un poste administratif de premier ordre dans la hiérarchie préfectorale, M. de Mentque se trouvait désigné pour le Sénat.

L'Empereur l'y appela le 7 mai 1863.

Il y prit très vite une place particulière, que marquaient à la fois son jugement droit, son expérience encore toute fraîche quant aux affaires, et, dans ses rapports avec ses collègues, une cordialité expansive qui finissait par attirer à lui les plus réservés.

Un témoignage public des sentiments qu'il inspirait lui fut donné par la haute Assemblée deux ans à peine après le jour où il y était entré : le Sénat, en formant son bureau, l'appela aux fonctions de vice-secrétaire dès 1865, et de secrétaire l'année suivante.

Bien que sa facilité de parole fût extrême et qu'il se fût rompu depuis longtemps, pendant sa carrière de préfet, à l'art difficile de traiter des questions différentes devant des auditoires divers, M. de Mentque occupait rarement la tribune. C'était dans les commissions, où l'influence, pour s'exercer sur le ton de la conversation et sans éclats oratoires, n'est ni moins efficace ni moins décisive, que M. de Mentque trouvait l'occasion de montrer et d'étendre la sienne. Nommé souvent rapporteur de discussions qu'il avait éclairées, il a rédigé des travaux dont la valeur fut alors remarquée et qui, consignés dans les procès-verbaux du Sénat, serviront plus tard à tous ceux qui auront à s'occuper des mêmes problèmes et des mêmes difficultés. Son rapport sur une pétition relative « aux exécutions capitales et au danger de les offrir en spectacle à la foule » mérite une mention toute spéciale.

Pendant ces heures heureuses, auxquelles devaient si vite succéder celles des angoisses et des revers, M. de Mentque semblait s'attacher à faire la part des autres dans les faveurs et les loisirs que lui assurait sa situation nouvelle.

Sous ses deux toits de Paris et de Saint-Germain-en-Laye il exerçait alternativement l'hospitalité la plus généreusement cordiale.

Au dehors, il aimait à patronner, à conseiller, à diriger même les institutions ou les associations destinées à assister les vieillards, les infirmes, les enfants; il s'occupait d'augmenter leurs ressources, d'agrandir le cercle de leur action, et, réalisant en sa personne ce que le chef de la dynastie impériale entendait que fût un vrai sénateur, multipliant les œuvres et les efforts, M. de Mentque s'était fait comme « une sénatorerie » à lui, dont il étendait chaque jour les limites et les bienfaits.

C'était surtout vers le lycée de Versailles, où il avait été élevé, vers ses vieux maîtres, vers ses écoliers, que l'attirait une prédilection particulière. On l'y voyait arriver régulièrement, chaque année, tantôt pour s'asseoir au banquet de la Saint-Charlemagne, tantôt pour présider une distribution de prix ou une réunion de comité d'administration du collège.

Chaque fois il prononçait des allocutions appropriées, heureuses, colorées, qui entraînaient ses auditeurs jeunes et vieux.

Un jour, entre autres, où il venait de traverser la chapelle du collège en se rendant à la salle de la cérémonie officielle, il se mit à parler de sa première communion... de sa mère. Ce jour-là, avant de penser à applaudir, son auditoire pleura.

Une autre fois, il apportait pour son écot, au banquet des anciens et des nouveaux élèves, la reconnaissance de leur association « comme établissement d'utilité publique », — au milieu de quel enthousiasme et de quelles acclamations, on le devine !

Dans ces joies, dans ces fiertés de collège, qu'il excellait à provoquer, — le plus ému, le plus heureux, le plus fier, c'était lui.

VIII

La matinée du 4 septembre 1870 trouva M. de Mentque à sa place de sénateur, lorsque la haute Assemblée reçut la nouvelle de l'envahissement du Palais-Bourbon. Il se leva, et de la voix particulièrement vibrante et résolue que lui donnait toute conjoncture critique : « Je crois, s'écria-t-il, qu'il est digne du Sénat, puisque l'autre Chambre est envahie, de rester en séance ! »

Suspendue pendant quelques heures, cette séance est reprise sous les fluctuations d'impressions d'une assemblée à laquelle arrivent confus, mais également sinistres, les bruits du dehors. M. de Mentque se lève une autre fois : « Je persiste à demander qu'on reste en séance ! » s'écrie-t-il.

Diverses propositions se produisent, se contredisent, se heurtent. Les raisons qui peuvent conseiller de se séparer momentanément afin d'essayer d'accomplir d'autres et pressants devoirs, et de s'ajourner soit à la soirée, soit à la matinée du lendemain, sont données avec la plus touchante éloquence par des hommes considérables dans le Sénat, et que recommande, avec l'autorité de leurs noms, la notoriété de leur dévouement à la dynastie impériale. M. de Mentque demeure inébranlable dans son avis, et, se levant encore une fois : « J'estime plus digne, répète-t-il, quand l'autre Chambre est envahie, que le Sénat reste en séance!... »

Un vote hâtif, rendu à une majorité si faible qu'on a pu la croire un moment incertaine, fait écarter la proposition de permanence; mais le Sénat se sépare à son heure habituelle, réglant son ordre du jour du lendemain et se donnant parole de se tenir prêt pour toute convocation extraordinaire de nuit.

Telle fut cette séance du 4 septembre 1870, au palais du Luxembourg, où retentit le dernier cri de : « Vive l'Empereur[1]! »

---

1. Voir, dans les *Annales parlementaires*, le procès-verbal de la séance du 4 septembre 1870, et la *Note* placée à la fin de cet opuscule.

Puisque, dans la sévérité de ses desseins sur notre histoire, la Providence a permis que, trois fois en moins de soixante ans, un souverain librement et directement élu par la nation, fût tumultueusement précipité du trône devant l'étranger triomphant, — du moins l'impartiale postérité, en rapprochant quelque jour les spectacles qu'auront laissés ces trois tragédies, pourra comparer l'attitude et la conduite du Sénat de 1814 et de 1815 avec celles du Sénat de 1870.

Ce jour-là, le nom de M. de Mentque recueillera sa part des hommages que méritent et que finissent toujours par recevoir, quand les passions de leur temps sont éteintes, les hommes demeurés, dans les crises publiques, invariablement fidèles au sentiment de leur dignité personnelle et à leur serment.

IX

Directement atteint dans sa situation politique par la révolution du 4 septembre, M. de Mentque allait encore être plus douloureusement frappé dans ses affections de famille.

Le 9 septembre, il apprenait que son beau-frère, le colonel Cliquot de Mentque, avait été mortellement blessé en exécutant à la tête de son régiment, vers la fin de la bataille de Sedan, cette charge héroïque dont le souvenir immortalisera le drapeau du 1er régiment de chasseurs d'Afrique.

Le 14 septembre, un des survivants ramenait à Paris la dépouille de son colonel. M. de Mentque la conduisit lui-même en Normandie, jusqu'à la sépulture de la famille; puis il revint le 17 à Paris, par le dernier convoi qui put encore y pénétrer.

Le pieux devoir privé dont il venait de s'acquitter n'avait pu le distraire que juste le temps nécessaire pour l'accomplir de ce qu'il estimait être un devoir public : celui de s'enfermer dans Paris assiégé.

Pour bien apprécier toute l'énergie de cette résolution, il est nécessaire d'ajouter qu'il ramenait avec lui Mme de Mentque, qu'il n'avait pu décider à demeurer paisible au milieu des siens quand son mari allait affronter les fatigues et les rigueurs d'un siège.

Pendant le siège, M. de Mentque, enrôlé volontaire dans la garde nationale, fit son service sur les remparts, occupa son rang dans toutes les prises d'armes et se conduisit comme le plus discipliné des soldats.

Jamais, dans les temps qui suivirent, on ne l'entendit faire d'allusion à ces circonstances si honorables pour lui ; — sauf toutefois quand on s'avisait, en sa présence, de vouloir faire trop belle la part de certains acteurs d'une scène donnée, ou amplifier l'importance de la scène elle-même. Il appuyait alors ses restrictions ou ses dénégations d'un : « Mais, j'y étais ! » qui rendait la réplique difficile.

Le siège levé par l'armée allemande dut être

repris contre la Commune par l'armée française. M. de Mentque estima que sa place n'était plus à Paris. Il alla chercher dans sa retraite de Saint-Germain en Laye non pas le repos (les humiliantes calamités d'alors le lui défendaient), mais une sorte de répit aux secousses répétées dont sa robuste santé elle-même n'avait pas impunément soutenu les chocs.

Quand le drapeau qu'il avait servi toute sa vie rentra victorieux dans Paris, il l'y suivit et y vint reprendre son existence passée.

La mort de son frère aîné, arrivée peu après, le fit héritier du titre de vicomte et d'une fortune assez considérable pour que rien ne fût changé dans le train de maison de l'ancien sénateur.

X

M. de Mentque était invariablement dévoué à la cause du Prince auquel se rattachaient les plus importants souvenirs de sa carrière.

Il était allé, aux fêtes de Noël de 1871, « faire sa cour » à Chislehurst, comme il l'eût faite en d'autres temps aux Tuileries.

Le 13 janvier 1873, on le vit au premier rang de ces serviteurs du régime proscrit qui, par une saison rigoureuse, quittant leurs familles, oubliant les uns l'âge, les autres la souffrance, ceux-là les infirmités, avaient traversé la mer pour venir rendre les derniers devoirs au souverain dont ils avaient connu la bonté aux heures de sa fortune.

De ceux-là beaucoup aujourd'hui l'ont déjà rejoint dans l'éternel repos. Mais parmi ceux qui survivent aucun n'oubliera les émotions presque inattendues de cette matinée d'hiver où, le soleil perçant tout à coup les nuages et se posant sur

un cercueil, éclaira des mêmes rayons tant
de têtes vieillies dans les affaires ou les ba-
tailles, ni ce long cortège s'acheminant à rangs
serrés, à travers une foule respectueuse, expres-
sive dans son silence, vers le cimetière du petit
village d'Angleterre où allait reposer la dépouille
de l'empereur Napoléon III, du neveu de Napoléon le Grand.

De cette journée-là aussi l'on pourra dire,
quand l'effervescence des luttes civiles aura fait
place au calme jugement de l'histoire, qu'elle a
honoré à la fois et le prince qui, mort déchu sur
une terre étrangère, a été l'objet de telles dé-
monstrations, et les courtisans jaloux qui s'y
sont pressés pour y occuper leur rang et en prendre leur part.

Peu de funérailles, entre celles qu'entoure
l'éclat des pompes officielles, auront offert autant
de véritable solennité et de grandeur. Peu de
souverains, parmi ceux qui sont morts au faîte
de leur puissance, auront été conduits à leur ca-
veau funéraire au milieu d'un pareil deuil.

M. de Mentque se rendit encore une fois en
Angleterre pour y saluer le Prince impérial le
jour de sa majorité.

XI

Quiconque, vers 1876, eût cherché comme un exemple d'une existence aussi considérée, aussi large, ausi heureuse que peut le comporter le fond d'agitation et de trouble de nos temps, eût assurément pensé d'abord à M. de Mentque.

Resté, sous les cheveux blancs, d'une jeunesse, d'une activité, d'une expansion, d'une sorte d'éxubérance, qui faisaient l'originalité de sa personne et de ses abords ; — riche, et usant avec intelligence et goût de la richesse ; — fort d'un passé qui pouvait défier l'examen le plus sévère ; — entouré de la jeune et aimable famille qu'il avait groupée autour de lui, — il respirait, il aimait la vie comme un jeune homme, et l'on eût pu dire que la vie paraissait le lui rendre et l'aimer aussi.

C'était la mort qui s'approchait « comme un larron[1] », la main déjà étendue sur sa proie.

1. Évangile selon saint Luc, chapitre XII.

L'affection cruelle qui devait finir par triompher des efforts de la science et des infatigables soins de la tendresse la plus vigilante ne s'annonça pas d'abord comme redoutable. Un moment même elle sembla vaincue

Elle revint bientôt, obstinée, implacable.

L'organisation puissante de M. de Mentque résista pendant deux années à ce travail incessant d'altération du sang et de destruction des organes destinés à le renouveler.

Quand toute illusion sur l'issue inévitable du mal fut devenue impossible, le malade, qui l'avait conservée le dernier, y renonça avec la sérénité et la sincérité d'un grand cœur. Il fit appeler un prêtre, demanda à la religion les secours qu'elle administre, — et se tint prêt. Celui qui avait affronté les émeutes et bravé une révolution s'efforça de pratiquer une dernière fois le courage sous sa forme la plus difficile à accepter pour une telle nature : la résignation.

Pendant ces derniers jours, dont les souffrances lui faisaient demander humblement à Dieu d'abréger la durée, il n'eut d'autre pensée que de préparer, de consoler celle qu'il allait quitter, et

d'assurer, de concert avec elle, toutes les dispositions qui devaient témoigner des affections, des
prédilections de sa vie, et en perpétuer après lui
les effets.

M. de Mentque s'est éteint dans la nuit du 1er au
2 septembre 1878, au milieu des prières et des
pleurs des siens, dans les bras de sa compagne
bien-aimée.

Le 4 septembre 1878, — comme si la Providence avait voulu consacrer, par la coïncidence
des dates, un des plus nobles souvenirs d'une
belle vie, — les honneurs funèbres ont été rendus à
celui qui, huit années auparavant, au même jour,
presque à la même heure, debout et ferme au
milieu d'une tourmente publique, demandait au
Sénat impérial de se déclarer en permanence et
d'attendre l'assaut des vainqueurs.

NOTE

*Dans cette notice biographique, exclusivement con-
sacrée à M. de Mentque, j'ai dû, en parlant de la
séance du 4 septembre 1870 au Sénat, n'y mettre en
relief que sa seule figure.*

*Mais j'aurais peur de paraître manquer à ceux de
mes anciens collègues qui pourront me lire, et surtout
à la mémoire de ceux que nous avons perdus, si je
ne citais ici au moins les noms des membres du Sénat
qui ont contribué à donner à cette dernière séance
de la haute Assemblée de l'Empire un indéniable
caractère de patriotisme et de loyauté, et si je ne
signalais les nobles paroles que, — dans ces moments,
— toujours redoutables et incertains, même pour les
hommes de cœur, — d'une grande épreuve civile, —
ont successivement fait entendre MM. Rouher, Ba-
roche, de Royer, de Chabrier, de Ségur d'Aguess-
seau, de Flamarens, Quentin Bauchart, Haussmann,
Larabit, de Girardin, de Salignac-Fénelon, Ferdi-
nand Barrot, Lacaze, Charles Dupin, de Béarn, etc.*

*Il est de communs souvenirs que les honnêtes gens
vaincus doivent se rappeler quelquefois les uns aux*

autres, afin que leur solidarité demeure entre eux comme un lien et un titre réciproque d'estime; — afin aussi que certains faits, qui, en définitive, appartiennent à l'histoire, ne demeurent pas absolument oubliés, ou même ignorés des contemporains.

B.

VICOMTE DE MENTQUE

(PIERRE-PAUL-ÉDOUARD)

NÉ A PARIS LE 11 AVRIL 1808

DÉCÉDÉ A SAINT-GERMAIN EN LAYE LE 2 SEPTEMBRE 1878

Sous-préfet de Chatellerault.	14 décembre	1834
Chevalier de la Légion d'honneur. .	14 juillet	1837
Sous-préfet de Dreux.	5 novembre	1838
Sous-préfet de Gien.	29 octobre	1840
Sous-préfet de Boulogne-sur-Mer . .	22 mars	1841
Préfet de la Haute-Marne.	4 janvier	1847
Préfet d'Eure-et-Loir.	4 décembre	1847
Démissionnaire	24 février	1848
Préfet de la Haute-Vienne.	8 janvier	1849
Officier de la Légion d'honneur . . .	10 décembre	1849
Préfet de la Loire-Inférieure.	11 mai	1852
Préfet de la Gironde	23 juin	1853
Commandeur de la Légion d'honneur.	5 septembre	1855
Officier d'académie.	7 janvier	1856
Grand officier de la Légion d'honneur.	13 août	1861
Sénateur.	7 mai	1863

Commandeur du nombre extraordinaire de l'ordre de
Charles III d'Espagne, avec plaque; Commandeur de
Notre-Dame-de-la-Conception de Villa-Viçosa, de Por-
tugal; de Léopold de Belgique; de Saint-Stanislas, avec
l'étoile; du Lion néerlandais, avec plaque. 1855-1863.

TABLE

A PARIS

DES PRESSES DE D. JOUAUST

Rue Saint-Honoré, 338